Disney · PIXAR

DEL REVÉS 2
(INSIDE OUT 2)

cliper

Papel certificado por el Forest Stewardship Council®

MIXTO
Papel | Apoyando la silvicultura responsable
FSC® C117695

Penguin Random House Grupo Editorial

Primera edición: junio de 2024
Primera reimpresión: julio de 2024

Printed in Spain – Impreso en España

ISBN: 978-84-19487-17-9
Depósito legal: B-7831-2024

Diseño y maquetación: MYR Servicios Editoriales, S.L.

Impreso en Índice, S.L.
(Barcelona)

DS 8 7 1 7 9

Colección *Ya leo solo*

Ya leo solo **es una colección de libros especialmente concebida para lectores a partir de 5 años. Está pensada para fomentar la lectura autónoma en la que a esa edad se inician los niños y niñas.**

En la colección se incluyen historias de los personajes más conocidos de Disney para que los niños los reconozcan y simpaticen con ellos rápidamente: Elsa, el Rey León, Rayo McQueen o Mickey y Minnie harán que los niños aprendan y pasen ratos muy entretenidos. Junto a los protagonistas de sus películas favoritas, los pequeños aprenderán **valores** como: la amistad, la solidaridad, la superación de dificultades y la autonomía personal.

Cada historia está escrita con frases breves, vocabulario sencillo y en una doble tipografía: **letra ligada** y **letra mayúscula** que son las dos tipografías con las que los niños y niñas aprenden a leer en el colegio.

Cada página incluye frases de fácil comprensión, y se apoya el texto con grandes ilustraciones de página completa para acompañar y hacer más amena la lectura.

Cada libro de la colección tiene 32 páginas. Después de la historia se incluyen páginas con **actividades lúdicas** sobre comprensión lectora, adquisición de vocabulario, identificación de imágenes, grafomotricidad o conceptos matemáticos sencillos.

Con esta colección se pretende:

- **Despertar el interés por la lectura autónoma.**
- **Desarrollar la creatividad.**
- **Enseñar progresivamente pautas elementales de convivencia.**

Algunas de las competencias que se desarrollarán son:

- **Competencia para aprender a aprender:** mediante la adquisición de procesos básicos como son la agudeza visual y la capacidad de abstracción.
- **Competencia en comunicación lingüística:** al comprender el relato, memorizando datos de este y adquiriendo un vocabulario adecuado.
- **Competencia cultural y artística:** al disfrutar de la estética plástica de las imágenes de los libros.

Queda muy poco para que acabe el partido de hockey. Riley se hace con el disco y se lo pasa a Grace. Grace lanza y consigue marcar. ¡Han ganado el campeonato!

QUEDA MUY POCO PARA QUE ACABE EL PARTIDO DE HOCKEY. RILEY SE HACE CON EL DISCO Y SE LO PASA A GRACE. GRACE LANZA Y CONSIGUE MARCAR. ¡HAN GANADO EL CAMPEONATO!

MAN
ERS

Riley, Grace y Bree celebran la victoria. Han acabado el curso e irán a un campamento de hockey. Alegría, Tristeza, Miedo, Asco e Ira, las emociones básicas de Riley, están muy contentas.

RILEY, GRACE Y BREE CELEBRAN LA VICTORIA. HAN ACABADO EL CURSO E IRÁN A UN CAMPAMENTO DE HOCKEY. ALEGRÍA, TRISTEZA, MIEDO, ASCO E IRA, LAS EMOCIONES BÁSICAS DE RILEY, ESTÁN MUY CONTENTAS.

Las emociones de Riley viven en un lugar de su mente llamado la Central. Esa noche, mientras Riley duerme, una alarma se dispara en la Central y despierta a las emociones.

LAS EMOCIONES DE RILEY VIVEN EN UN LUGAR DE SU MENTE LLAMADO LA CENTRAL. ESA NOCHE, MIENTRAS RILEY DUERME, UNA ALARMA SE DISPARA EN LA CENTRAL Y DESPIERTA A LAS EMOCIONES.

Por la mañana, Riley se despierta inquieta. Algo ha cambiado en su mente. Las nuevas emociones han llegado a la Central. Son Ansiedad, Envidia, Vergüenza y Ennui.

POR LA MAÑANA, RILEY SE DESPIERTA INQUIETA. ALGO HA CAMBIADO EN SU MENTE. LAS NUEVAS EMOCIONES HAN LLEGADO A LA CENTRAL. SON ANSIEDAD, ENVIDIA, VERGÜENZA Y ENNUI.

Como Bree y Grace van a ir a otra escuela el próximo curso, Ansiedad cree que Riley debería hacer nuevas amigas mientras está en el campamento. Ansiedad encierra a las emociones básicas en la Cámara y envía la identidad de Riley al Fondo de la mente.

COMO BREE Y GRACE VAN A IR A OTRA ESCUELA EL PRÓXIMO CURSO, ANSIEDAD CREE QUE RILEY DEBERÍA HACER NUEVAS AMIGAS MIENTRAS ESTÁ EN EL CAMPAMENTO. ANSIEDAD ENCIERRA A LAS EMOCIONES BÁSICAS EN LA CÁMARA Y ENVÍA LA IDENTIDAD DE RILEY AL FONDO DE LA MENTE.

Con la ayuda de Pouchy, el recuerdo de una bolsa mágica, las emociones básicas logran salir de la Cámara y, a través de la corriente de la consciencia, se dirigen al Fondo de la mente para encontrar la identidad de Riley.

CON LA AYUDA DE POUCHY, EL RECUERDO DE UNA BOLSA MÁGICA, LAS EMOCIONES BÁSICAS LOGRAN SALIR DE LA CÁMARA Y, A TRAVÉS DE LA CORRIENTE DE LA CONSCIENCIA, SE DIRIGEN AL FONDO DE LA MENTE PARA ENCONTRAR LA IDENTIDAD DE RILEY.

Riley quiere encajar con las mayores y acepta la invitación a una fiesta. Está tan nerviosa que se comporta de una manera extraña y eso hace que las emociones estén a punto de caer en el abismo.

RILEY QUIERE ENCAJAR CON LAS MAYORES Y ACEPTA LA INVITACIÓN A UNA FIESTA. ESTÁ TAN NERVIOSA QUE SE COMPORTA DE UNA MANERA EXTRAÑA Y ESO HACE QUE LAS EMOCIONES ESTÉN A PUNTO DE CAER EN EL ABISMO.

En Imaginalandia, los trabajadores de la mente usan la imaginación de Riley para angustiarla. Alegría les pide que se rebelen, pero Ansiedad envía a la policía mental y tienen que huir.

EN IMAGINALANDIA, LOS TRABAJADORES DE LA MENTE USAN LA IMAGINACIÓN DE RILEY PARA ANGUSTIARLA. ALEGRÍA LES PIDE QUE SE REBELEN, PERO ANSIEDAD ENVÍA A LA POLICÍA MENTAL Y TIENEN QUE HUIR.

Por la noche, Riley va al despacho de la entrenadora. Tristeza, que ha logrado llegar a la Central, intenta impedírselo, pero no puede con Ansiedad. Riley abre la libreta y lee: «Aún no está preparada».

POR LA NOCHE, RILEY VA AL DESPACHO DE LA ENTRENADORA. TRISTEZA, QUE HA LOGRADO LLEGAR A LA CENTRAL, INTENTA IMPEDÍRSELO, PERO NO PUEDE CON ANSIEDAD. RILEY ABRE LA LIBRETA Y LEE: «AÚN NO ESTÁ PREPARADA».

Riley tiene que lograr que la entrenadora cambie de opinión ¡y solo le queda un partido! Ansiedad pulsa «tormenta de ideas» en la consola. La tormenta mental es tan fuerte que un remolino arrastra a las emociones hasta el Fondo de la mente.

RILEY TIENE QUE LOGRAR QUE LA ENTRENADORA CAMBIE DE OPINIÓN ¡Y SOLO LE QUEDA UN PARTIDO! ANSIEDAD PULSA «TORMENTA DE IDEAS» EN LA CONSOLA. LA TORMENTA MENTAL ES TAN FUERTE QUE UN REMOLINO ARRASTRA A LAS EMOCIONES HASTA EL FONDO DE LA MENTE.

Llega el día del partido y Riley quiere ganar, pero nada le sale bien. Ansiedad está desesperada y Riley se agobia. Alegría ha encontrado la vieja identidad de Riley y llama a Tristeza para que las haga regresar. Pero Ansiedad lo impide.

LLEGA EL DÍA DEL PARTIDO Y RILEY QUIERE GANAR, PERO NADA LE SALE BIEN. ANSIEDAD ESTÁ DESESPERADA Y RILEY SE AGOBIA. ALEGRÍA HA ENCONTRADO LA VIEJA IDENTIDAD DE RILEY Y LLAMA A TRISTEZA PARA QUE LAS HAGA REGRESAR. PERO ANSIEDAD LO IMPIDE.

Para ayudar a Riley, las emociones provocan una avalancha de recuerdos para que las arrastre hasta la Central. Allí, Alegría crea una nueva identidad para Riley, pero no funciona bien. En su lugar, una nueva identidad empieza a crecer.

PARA AYUDAR A RILEY, LAS EMOCIONES PROVOCAN UNA AVALANCHA DE RECUERDOS PARA QUE LAS ARRASTRE HASTA LA CENTRAL. ALLÍ, ALEGRÍA CREA UNA NUEVA IDENTIDAD PARA RILEY, PERO NO FUNCIONA BIEN. EN SU LUGAR, UNA NUEVA IDENTIDAD EMPIEZA A CRECER.

Riley está bien. Ha empezado el nuevo curso en un nuevo colegio. No sabe si la han elegido para entrar en el equipo, pero, pase lo que pase, ahora sabe cómo afrontarlo.

RILEY ESTÁ BIEN. HA EMPEZADO EL NUEVO CURSO EN UN NUEVO COLEGIO. NO SABE SI LA HAN ELEGIDO PARA ENTRAR EN EL EQUIPO, PERO, PASE LO QUE PASE, AHORA SABE CÓMO AFRONTARLO.

107

ACTIVIDADES

1 ¿Por qué están tan contentas Riley, Grace y Bree? Piensa en algo que te haga feliz.

2 Di al menos tres de las nuevas emociones que llegan a la mente de Riley.

3 ¿Cuál es tu emoción favorita?

4 ¿Por qué crees que Riley quiere leer la libreta de la entrenadora?

5 ¿Dirías que Ansiedad se pone nerviosa o mantiene la calma?

6 ¿Cómo crees que se siente Riley al final de la historia? ¿Te has sentido alguna vez así?

Ya leo SOLO

Otros títulos de la colección

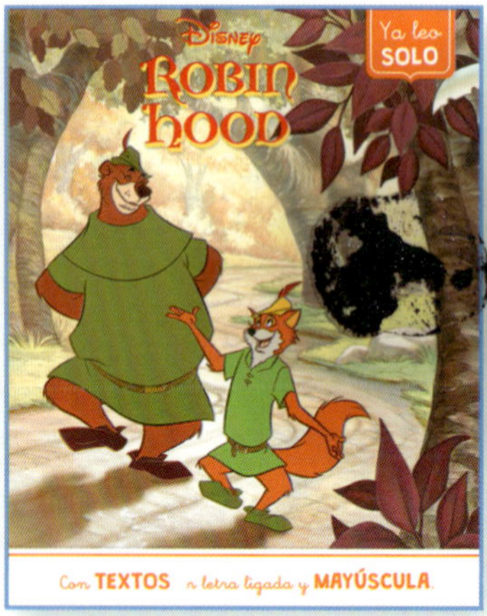

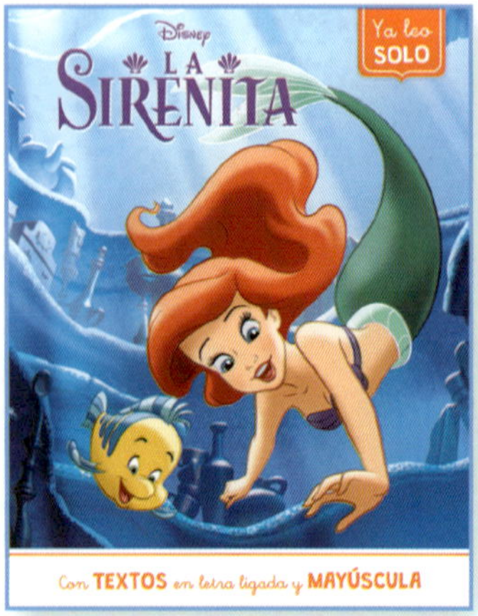